El bosque de bambú

Lada Josefa Kratky

NATIONAL GEOGRAPHIC LEARNING | CENGAGE Learning

En el monte se
ve un bosque.

Es un bosque de bambú.

Este es un tipo de bambú.

¡Este tipo de
bambú es alto!

El oso panda vive en
el bosque de bambú.

Come sólo bambú.

¡Come bien en este bosque!

Al oso panda le va bien
en el bosque de bambú.